AF203001

Blumenzauber (Novelle aus der Mingzeit)

Eine chinesische Novelle

Unbekannte Verfasser

Impressum

Autor: Unbekannte Verfasser
Übersetzung: Leo Greiner
Umschlagkonzept: toepferschumann, Berlin

Verlag: tradition GmbH, Hamburg
ISBN: 978-3-8424-8796-3
Printed in Germany

Rechtlicher Hinweis:
Alle Werke sind nach unserem besten Wissen gemeinfrei und
unterliegen damit nicht mehr dem Urheberrecht.

Ziel der TREDITION CLASSICS ist es, tausende deutsch- und
fremdsprachige Klassiker wieder in Buchform verfügbar zu
machen. Die Werke wurden eingescannt und digitalisiert. Dadurch
können etwaige Fehler nicht komplett ausgeschlossen werden.
Unsere Kooperationspartner und wir von tradition versuchen, die
Werke bestmöglich zu bearbeiten. Sollten Sie trotzdem einen Fehler
finden, bitten wir diesen zu entschuldigen. Die Rechtschreibung der
Originalausgabe wurde unverändert übernommen. Daher können
sich hinsichtlich der Schreibweise Widersprüche zu der heutigen
Rechtschreibung ergeben.

Text der Originalausgabe

Blumenzauber

Eine chinesische Novelle

Die Novelle entstammt dem Kin Ku Ki Kuan aus der Mingzeit
(1367-1628 n.Chr.)

Blumenzauber

Diese Geschichte stammt aus der Zeit des Kaisers In Tsung von der Sung-Dynastie, aus der Provinz Kiang Nan, woselbst etwa zwei Meilen außerhalb des Osttors der Bezirkshauptstadt Ping Kiang sich das Dorf Tsiang-Lo befand. In dem Dorfe wohnte ein Greis, namens Tschou Schian, der einer Bauernfamilie entstammte und einige Morgen Landes und ein Haus dazu besaß. Seine Frau war gestorben, ohne ihm Kinder hinterlassen zu haben.

Seit seiner Jugend hatte Tschou Schian leidenschaftlich geliebt, Blumen zu ziehen und Fruchtbäume zu pflanzen. So gab er denn später den Ackerbau auf und lebte nur noch für seine liebste Beschäftigung. Bekam er durch Zufall eine Gattung besonders köstlicher Blumen, so freute er sich nicht minder, ja noch mehr, als ob ihm ein Schatz Perlen in den Schoß gefallen wäre. Hatte er Wichtiges zu tun, traf aber draußen, während er unterwegs war, schöne Blumen oder Bäume an, so kümmerte er sich nicht darum, ob der Besitzer sie ihn ansehen lassen mochte oder nicht, sondern ging sogleich hin und bat mit lächelndem Gesicht, sie betrachten zu dürfen. Waren es dann häufige Pflanzen oder solche, die er selber in seinem Garten besaß und just ebenso in Blüte wie hier, so mochte es geschehen, daß er schneller wieder fortkam. War es aber eine Art köstlicherer Blumen, die er nicht besaß, oder er besaß sie, doch sie waren schon verblüht, so vergaß er darüber alle wichtigsten Dinge, blieb und mochte nicht fort oder versäumte sich gar den langen Tag, ohne ans Nachhausegehen zu denken. Deshalb nannte man ihn den Blumennarren.

Traf er einen Händler, der schöne Blumen mit sich führte, überlegte er nicht lange, ob er auch Geld bei sich habe oder nicht, und ließ keinen vorüber, ohne zu kaufen. Hatte er kein Geld bei sich, so verpfändete er seine Kleider und bezahlte mit diesen. Manche Blumenhändler, denen sein Wesen wohl bekannt war, forderten einen hohen Preis; er ließ sich's aber nicht anfechten und kaufte dennoch. Böse Menschen, die von seiner Blumenliebe wußten, suchten von überall her die schönsten Blumen zusammen, brachen sie ab und umgaben die Wunde mit Erde, um seine Narrheit zu betrügen; doch er kaufte auch diese. Aber es war seltsam: was immer er pflanzte, gedieh, auch solche wurzellose Blumen.

Mit der Zeit war es ein großer Garten geworden, umflochten von einem Bambuszaun, daran die mannigfaltigsten Schlinggewächse sich zu einer Wildnis verwirrten. Unterhalb des Zaunes wieder gab es allerlei Gesträuch und Staudenpflanzen, und in den Bäumen schlangen sich Kletterranken und -blumen mit tausenderlei Namen, Ansehen und Gestalt, so daß man die Arten und Gattungen gar nicht zu zählen vermochte. Jedesmal, wenn sie blühten, schienen sie einem gestickten Seidenvorhang zu gleichen; Wurzel an Wurzel standen wunderbare Gesträuche oder ein köstlicher Blumenflor, und war der eine noch nicht verblüht, so schoß schon der andere in Blüten auf. Gegen Süden befand sich eine Tür mit zwei aus Zweigen geflochtenen Flügeln, zu welcher ein Fußpfad hinführte, der zu beiden Seiten mit Bambus bepflanzt war; dazu standen beiderseits zwei Reihen aus Tannenreisig geflochtener Hecken. Im Hintergrunde befand sich dann das Häuschen mit drei Räumen und einem gräsernen Dach. Trotz der Grasdecke war das Haus aber hoch, luftig, hell und sonnig. Im Mittelraume, an der Wand, gab es eine Malerei ohne Schrift, dann eine Lehnbank aus weißem Holze und einige Tische und Stühle, alles sauber und wohlgepflegt gleich dem Estrich, auf dem nicht ein Fleck oder Stäubchen zu bemerken war. Die darunterliegenden, köstlich eingerichteten Räume dienten dem Blumennarren als Schlafzimmer. Ringsum aber gab es nichts wie Blumen, als welkten hier die vier Jahreszeiten nicht, und ein immerwährender Frühling herrschte um das Haus.

Vor dem Osttor des Gartens und ihm gegenüber lag der große See, dessen Wasserlandschaft in allen vier Jahreszeiten, bei heitrem oder regnerischem Wetter, immer voll der köstlichsten Reize blieb. Tschou Schian hatte am Seestrand aus Lehm einen Damm aufgeführt und diesen reichlich mit Pfirsichbäumen und Weiden bepflanzt, so daß jedesmal, wenn der Frühling kam, alles in roten und grünen Streifen erglänzte und die Schönheit fast der Pracht des Westsees glich. Am Flusse wuchsen überall Mondblumen, im See aber fünffarbige Wasserrosen, deren Duft zur Zeit der Wasserrosenblüte wie bunte Wolken über der Seefläche schwebte und die Haut der Menschen mit Wohlgeruch netzte. Kleine Boote fuhren hin und her, und das Lied der Seepflanzensucher klang lieblich herüber. Ging ein kleiner Wind, so segelten und ruderten sie draußen zur Wette, und es entstand ein fliegendes Gewimmel kreuz und quer eilender Boote. Unter den Weidenbäumen trockneten Fischer ihre Netze: manche von ihnen spielten mit Kindern, andere flickten die Netze, andere wieder lagen, nachdem sie zuviel Wein getrunken, schlafend auf dem Schiff oder schwammen zur Wette, und alles war erfüllt von Menschenruf und Lachen. Die Leute, welche die Wasserrosen betrachten wollten, kamen in geschmückten Booten mit festlicher Musik und waren so viele, daß die Boote dicht wie Fischschuppen nebeneinander saßen. Wenn dann der Abend kam, wandten sie die Steuer zurück, dann sah man zehntausend Lichter, untermischt mit den Funken der Glühwürmer und den Flimmerschatten der Sterne, so daß man eins von dem andern nicht mehr unterscheiden konnte. Wehte aber der Herbstwind, so röteten sich allmählich die Ahornwälder, und auf den gelben und grünen Ufermatten mischten sich verwelkte Weiden und Mondblumen. Allerlei Wasserpflanzen warfen ihren Spiegelschatten in die Flut, und im Schilfe bargen sich scharenweise die Kraniche und ließen ihr traurig stimmendes Krähen ertönen. Zuletzt, wenn es Winter geworden, bedeckte das dichte Gewölk, Wolke an Wolke, den Himmel: es begann zu schneien, und Oben und Unten rann in einer unendlichen Farbe zusammen. Ach, wer vermöchte die Schönheit der vier Jahreszeiten auf dem See mit Worten zu beschreiben!

Tschou Schian pflegte jeden Morgen, wenn er aufgestanden war, die abgefallenen Blätter, die unter den Bäumen lagen, säuberlich zusammenzufegen. Dann schöpfte er Wasser und begoß jede einzelne Pflanze, und sobald es Abend war, zum zweitenmal. Wenn dann eine Blume aufblühen sollte, konnte er sich nicht genug daran freuen: er kochte Wein oder Tee, beugte sich zuerst vor der Blume, goß dann ein wenig vom Weine oder dem Tee zur Erde und rief dreimal hintereinander: «Zehntausend Jahre!» Darauf setzte er sich in den Blumenschatten, trank bedächtig und prüfte den Trunk mit Aufmerksamkeit auf der Zunge. War er wohlgelaunt vom genossenen Weine, so sang er irgendein Lied; war er müde, so nahm er sich einen Stein als Kissen und legte sich ohne Umschweife neben den Stamm des Baumes hin. Vom ersten Knospen bis zur vollen Blüte verließ er den Baum keinen Augenblick. Brannte die Sonne zu heiß, so nahm er einen Besen, tauchte ihn in Wasser und schüttelte ihn über die Blüten. Schien der Mond, so ging er die ganze Nacht nicht schlafen. Kam aber Sturm oder ein Regenguß, so ging er in einem schilfenen Mantel und geflochtenem Rohrhut unter den Bäumen und Blumen umher und sah überall nach ob ihnen nichts geschehe, und war nur ein Zweiglein gekrümmt worden, so richtete er es mit einem Bambusstabe wieder auf. Ob es auch Nacht war, erhob er sich dennoch, um nach den Pflanzen zu sehen, und dies mehrere Male in jeder Nacht.

Wenn es mit einer Blume zum Verblühen ging, seufzte er lange, und manchmal fielen ihm die Tränen herunter. Da es ihn nicht litt, die abgefallenen Blütenblätter fortzuwerfen, fegte er sie leicht mit einem Besen zusammen, raffte sie auf und legte sie auf einen Teller. Zuweilen spielte er dann damit oder sah die Blätter nachdenklich an, bis sie völlig vertrocknet waren. Darauf füllte er sie in einen Krug, trank und betete, wenn dieser voll war, in Trauer, als ob er sich nicht davon trennen könne, nahm den Krug und begrub ihn tief in der Erde des Dammes. Dies heißt die Blumenbestattung. Waren die Blütenblätter vom Regen herabgeschlagen und von der Erde beschmutzt worden, wusch er sie zuerst mit lauterem Wasser und streute sie dann über den See. Dies heißt das Blumenbad.

Er haßte es sehr, wenn man einen Zweig herunterbog und eine Blüte abbrach. Denn er sagte: Jede Blume blüht nur einmal im Jahre, und bloß eine einzige von den vier Jahreszeiten dauert ihr Leben. Doch auch von dieser gehören nur wenige Tage ihr, und sie übersteht drei Jahreszeiten für die schwindende Kürze ihrer schönen Zeit. Sieht man sie nicht tanzen, wenn der Wind weht, und lacht sie nicht den Menschen an, als wäre sie selbst ein Mensch, der seine glücklichen Tage lebt? Plötzlich wird sie gebrochen – könnten die Blumen reden, wie schmerzlich müßte dies sein! Hat dann aber die Blume ihre wenigen Tage bekommen, so ist sie zuerst im Knospen und zuletzt im Verblühen, und nur der kärgliche Rest, der dazwischen liegt, gehört dem Glanz der entfalteten Blüte. Schmetterlinge und Bienen verletzen sie, Vögel und Würmer fressen sie an, Sonne dörrt, Sturm schüttelt, Regen schlägt, Nebel verhüllt sie. Nur der Mensch leistet ihr Beistand. Wenn man sie ohne Erbarmen bricht und pflückt, o wessen Herz möchte es dulden? Und wer mißt, wieviel Jahre und Monde vergehen, ehe der Keim zum Strauch, der Strauch zum Baume heranwächst ? Ist es dann nicht genug, die Blüten zu betrachten und ihren Duft einzuatmen, müssen sie auch noch gebrochen sein? Man denke doch, daß eine Blüte, einmal getrennt von ihrem Zweig, nie wieder zurückkehren wird an ihren Ort, einem Verstorbenen gleich, der niemals wiederkommt. Alle Blumenpflücker wählen sich den schönsten oder dichtestblühenden Zweig hervor, tun ihn in eine Vase und stellen diese auf ihren Tisch, entweder um Gäste zu empfangen und für kurze Zeit die Freuden des Trinkmahls zu erhöhen, oder Frauen und Mädchen einen Tag lang zum Schmucke. Wer denkt daran, daß die Gäste auch unter den Blüten sich sättigen könnten und essen und trinken, und Schmuck für die Frauen durch Menschenkunst hergestellt wird? Jeder Zweig in Menschenhand ist dem Baume verloren; wäre es nicht besser, ihn wachsen zu lassen und Jahr um Jahr zu betrachten? Und dann die Knospen, die mit den entfalteten Blüten zusammen gebrochen werden und am Zweige vertrocknen! Sie sind wie Kinder, die vor der Zeit gestorben sind. Und Menschen gibt es, die lieben die Blumen gar nicht, brechen sie aus Leichtsinn und schenken sie, wenn sie gepflückt sind, jedem, der sie haben mag, oder werfen sie achtlos fort, ohne Mitleid zu empfinden. Diese Blumen gleichen den Menschen, die Unheil traf, und können ihr Recht nicht wiederherstellen. Wenn die Blumen reden könnten – o wie schmerzlich müßte das sein!

Dies war Tschou Schians Ansicht über die Blumen. Nie in seinem Leben hatte er einen Zweig oder eine Knospe abgebrochen. War er in einem fremden Garten, wo es Blumen gab, die er liebte, so konnte er tagelang dort verweilen, um sie zu betrachten. Wollte dann der Besitzer des Gartens einen Zweig abbrechen, um ihn ihm zu schenken, so hielt er dies für sündhaft und nahm ihn nicht an. Kam jemand, um Blumen zu pflücken, so konnte er nichts dawider tun, wenn er es nicht bemerkte. Bemerkte er es aber, so konnte er ihm stundenlang zureden, davon abzulassen. Wollte der andere nicht hören, so kniete er nieder, ihn um das Leben der Blumen zu bitten. Ob man ihn gleich den Blumennarren nannte, so kannte man doch sein gutes Herz und hörte um seinetwillen oftmals mit Blumenbrechen auf. Dann dankte er dem Willigen im Namen der Blumen.

Wenn er Knaben traf, die Blumen pflücken gingen, um sie wieder zu verkaufen, schenkte er ihnen soviel, als sie damit lösen mochten, und ließ sie nicht an die Blumen heran. War eine in seiner Abwesenheit gebrochen worden, so trauerte er zuerst und salbte dann ihre Wunde. Dies heißt die Blumenheilung. Deshalb ließ er auch nur selten Menschen in seinen Garten, die Blumen zu betrachten. Kam wirklich ein Verwandter oder guter Freund, und er konnte es nicht verweigern, so ließ er ihn nicht eher ein, als bis er ihm seine Ansicht über die Blumen gesagt hatte. Auch fürchtete er, die üble Ausdünstung möchte den Blumen schaden; darum gestattete er nur, aus der Ferne sie zu betrachten, und erlaubte niemand, nahe hinzugehen. Wenn einer dennoch unbeachtet eine Blume abbrach, so geriet der Alte in solchen Zorn, daß sein Gesicht sich dunkelrot färbte, und begann laut und heftig zu schelten; er hätte den Missetäter nicht noch einmal eintreten lassen, und wenn er darob geschlagen worden wäre. Seither kannten alle Leute in der Gegend sein sonderbares Wesen und wagten nicht, an Bäumen oder Blumen auch nur ein Blättchen anzurühren.

Es ist bekannt, daß, wo viele Bäume beisammen stehen, die Vögel dort ihre Nester bauen, und wo Blumen sind, noch größere Scharen von Vögeln sich sammeln. Fräßen sie nur von den Früchten, es wäre zu verschmerzen; doch sie lieben es, sich von den jungen Knospen zu nähren. Deshalb streute Tschou Schian stets vielerlei Samen- und Getreidekörner auf den Boden und betete dazu, die Vögel möchten seinen Blumen keinen Schaden zufügen. Wer aber hätte gedacht, daß in seinem Garten selbst die Vögel Empfindung hatten? Tag für Tag, wenn sie sich gesättigt hatten, flogen sie langsam zwischen den Blumen oder saßen auf den Bäumen und sangen, und noch nie war eine Knospe oder Blüte von ihnen angerührt worden. Deshalb trugen die Bäume in des Alten Garten mehr Obst als in allen andern, und jede ihrer Früchte war groß und süß. Sobald sie gereift waren, betete er zum Blumengott; dann erst wagte er es, von dem Obst zu versuchen. Dann sandte er auch allen Nachbarn davon zum Kosten hin, und was übrigblieb, wurde verkauft, so daß er Jahr für Jahr ein Teil Geldes zurücklegen konnte.

Die lebendige Heiterkeit der Blumen war auf ihn übergegangen; trotz seiner mehr als fünfzig Jahre war er niemals müde oder träge gewesen; ja, seine Sehnen und Knochen schienen an Kraft gewachsen zu sein. Er trank nur groben Tee und nährte sich von grober Speise; was er jährlich übrigbehielt, schenkte er den Armen vom Dorfe. Deshalb ehrten ihn alle Leute im Dorf und nannten ihn höflich Herr Tschou. Er selbst aber hatte sich den Namen gegeben: der blumenbegießende Greis.

In jener Zeit befand sich daselbst ein Mann aus der nächsten Stadt, namens Djang We, der einem adligen Hause entstammte: er war hinterlistig und grausam und unterdrückte die ganze Gegend, da er große Macht besaß. Wer unbewußt etwas tat, was ihm nicht gefiel, hatte es sogleich mit ihm zu schaffen. Stets war er von einer Schar Dienern gleich Wölfen und Tigern und einer Bande roher junger Leute umgeben, mit denen er Tag und Nacht umherzog und allerlei wilden Unfug verübte. Schon viele Familien dankten dem Unhold ihr Verderben.

Eines Tages nun war dieser einem begegnet, der es noch besser verstand als er, und war von diesem ergriffen und halb zu Tode geschlagen worden. Als er darob zu Gerichte ging, verlor er obendrein den Prozeß. Nun schweifte er wie sinnlos mit seiner Bande in dem Dorfe umher, das ihm gehörte, und ganz in der Nähe von Tsiang-Lo war. Als er einmal beim Morgenimbiß schon trunken geworden war und sich so wieder im Dorfe herumtrieb, gelangte er zufällig unmittelbar vor Herrn Tschous Garten und gewahrte, wie da vom Zaune all die Blumen so frisch und lieblich hersahen und alles in dichtester Blüte voll von Bäumen und Sträuchern stand.

«Dies ist ja eine Herrlichkeit!» rief er aus. «Wem gehört dieser Garten?»

«Er gehört Herrn Tschou, den man den Blumennarren nennt», antworteten die Diener.

«Davon vernahm ich schon, daß hier ein Herr Tschou so viele Blumen und Bäume gepflanzt haben soll», erwiderte Djang We. «Da wir nun aber hier sind, warum gehen wir nicht hinein, sie uns anzusehen?»

«Der Mann hat ein sonderbares Wesen», erklärten die Diener, «er erlaubt niemandem, seine Blumen anzusehen.»

«Andere läßt er nicht hinein», sagte Djang We, «wird er aber auch mit mir so verfahren? Geht hin und klopft!»

Es war gerade um die Zeit, da die Pfingstrosen aufblühen: Herr Tschou war eben mit Begießen fertig geworden und saß allein unter den Blumen mit einem Kruge Weins und zwei Tellern Früchten, um zu trinken und der Freude zu genießen. Kaum hatte er drei Becher getrunken, als er draußen ein Klopfen vernahm. Er legte den Becher von sich und ging hinaus; einige betrunkene Männer standen vor ihm. Sogleich dachte er sich, sie wollten herein, um die Blumen zu betrachten, versperrte mit beiden ausgebreiteten Armen den Eingang und fragte:

«Was wollt Ihr hier?»

«Kennst du mich nicht?» antwortete Djang We. «Ich bin der berühmte Junker Djang, das Dorf Djang gehört mir. Man sagt mir, du hättest so viele schöne Blumen in deinem Garten, und ich komme eigens hierher, sie mir anzusehen.»

«Ich habe keine schönen Blumen hier», erwiderte Tschou, «ich besitze nichts als Pfirsiche, Aprikosen nd dergleichen; aber auch diese sind schon verblüht. Um diese Zeit gibt es keine andern Blumen da.»

Djang Wes Augen wurden groß: «Es ist um toll zu werden», rief er. «Ich komme her, nur um die Blumen anzusehen; was kann das schaden? Und du sagst mir, du habest keine. Glaubst wohl, ich fresse sie?»

«Es ist keine Lüge», entgegnete Tschou in Angst, «es sind wirklich keine Blumen hier.»

Doch Djang We hörte nicht auf ihn, bog mit einem Ruck Tschous Arme hinunter und stieß ihn vor die Brust, daß er zur Seite taumelte. Dann drang er mit seinen Kumpanen ein.

Als Tschou sah, daß es schlimm werden wollte, blieb ihm trotz seines Schmerzes keine andere Wahl, als die Eindringlinge gewähren zu lassen. Er schloß die Tür hinter ihnen und folgte ihnen nach. Nachdem er seinen Wein und das Obst vom Boden aufgehoben, blieb er neben ihnen stehen. Die Leute sahen nun, daß der Garten voll von vielartigen Blumen und Bäumen stand; keine aber blühten so herrlich wie die Pfingstrosen.

Die Pfingstrose ist die Königin unter den Blumen; die köstlichsten aber, die man davon finden kann, sind die Pfingstrosen aus Lo-Yang. Es gibt gelbe, die heißen Yo, und violette, die heißen We, und so noch vielerlei Arten, mannigfaltig an Namen und Farben, und ein einziger Baum davon kostet fünftausend Taëls Silber. Wenn aber einer früge, warum die Pfingstrosen aus Lo-Yang die köstlichsten unter allen sind, so stammt dies noch aus der Zeit der Kaiserin Wu Tsai Tien, die in den Tagen der Tang-Dynastie lebte. Sie war verschwenderisch, wollüstig und grausam und hielt sich zwei Günstlinge, Djang J-Tse und Djang Tsiang-Tsung.

Eines Tages im November nun gedachte sie im Parke des Palastes zu lustwandeln und erließ eine Botschaft:

«Morgen früh will ich im Parke des Palastes lustwandeln, macht feuerschnell allüberall den Frühling kund! Hunderterlei Blumen sollen in dieser Nacht erblühen und nicht warten, bis der Morgenwind sich erhebt!»

Da Wu Tsai Tien eine Herrscherin war, die der Himmel auf Erden eingesetzt, wagten es die Blumen nicht, ihrem Erlasse zuwiderzuhandeln, und so wuchsen die Knospen und entfalteten sich die Blüten in einer einzigen Nacht. Am nächsten Morgen kam die Kaiserin in ihrer Hofkarosse nach dem Park des Palastes gefahren und sah: tausend rote und zehntausend violette Blumen standen da in Blüte und verbreiteten einen Glanz, vor dem man erblinden mochte. Nur die Pfingstrosen waren zu stolz, der Kaiserin und ihren Günstlingen zu gehorchen; deshalb war an ihnen kein einziges Blättchen gewachsen. Da ergrimmte Wu Tsai Tien und verbannte die Pfingstrosen nach Lo-Yang, von wo sie sich über die ganze Welt verbreitet haben.

Hier im Garten nun waren die Pfingstrosenbäume gerade dem Grashäuschen gegenüber angepflanzt. Ein kleines Gemäuer von aus dem See geholten Steinen umgab sie; dazu war ein hölzernes Gerüst zur Stütze errichtet worden und eine tuchene Decke gegen die Sonnenhitze darübergespannt. Die Höhe der Bäume betrug mehr als einen Djang, und selbst die untersten Zweige standen noch sechs oder sieben Fuß hoch. Die Blüten hatten die Größe eines Tellers, und es gab deren von fünferlei Farben, so schön untereinander gemischt, daß der Glanz die Augen blendete.

Die Leute Djang Wes waren nur eines Lobes darüber; Djang We selbst aber stieg sogleich auf die Mauersteine, um den Duft zu versuchen. Da Tschou dies nicht leiden mochte, sagte er zu Djang We:

«Bitte, geht nicht so nahe heran!»

Djang We, schon gereizt, daß er zuvor nicht freiwillig eingelassen worden, suchte eben willkommene Gelegenheit zum Streite. Als er nun diese Worte vernahm, fuhr er fluchend auf den Alten los:

«Du wohnst in meiner Nähe; solltest du denn meinen Namen noch nicht gehört haben? Hier steht alles voll der schönsten Blumen, und du sagst mir, du habest keine! Statt nun froh zu sein, daß ich darüber schwieg, wagst du es, noch weiterzugehen in frecher Rede! Was mag es wohl den Blüten schaden, wenn man daran riecht? Doch da du also redest, bin ich erst recht gelaunt, nicht davon abzulassen.»

Damit bog er Blüte nach Blüte herunter und roch daran. Tschou Schian stand daneben und traute sich nicht, etwas dawider zu sagen. Denn er dachte nicht anders, als Djang We werde die Blumen ansehen und dann gehen. Doch dieser wollte ihn geflissentlich herausfordern und sagte:

«Wer wird so schöne Blumen betrachten, ohne einen Becher Weins dazu zu trinken?»

Er hieß sogleich die Diener Wein besorgen. Als Tschou Schian sah, daß hier Vorbereitungen zu einem Trinkgelage getroffen wurden, wuchs sein Zorn noch höher:

«Mein Haus», sprach er, «ist wie eine Muschel; es ist kein Raum darin zum Sitzen. Seht Euch die Blumen an, trinken aber mögt Ihr, wenn Ihr zu Hause seid!»

«Hier ist Raum genug, sich darauf niederzulassen», entgegnete Djang We, auf den Boden weisend.

«Hier ist es schmutzig; darauf werdet Ihr nicht sitzen wollen», sagte Tschou.

«Was tut's ?» rief Djang We, «wir werden schon Teppiche ausbreiten.»

In kurzer Frist war Essen und Trinken herbeigeschafft: nun breiteten sie Teppiche, setzten sich in die Runde, tranken, spielten und ergötzten sich. Tschou Schian stand mit verstörtem Antlitz daneben. Als Djang We hier all die Blumen und Bäume so schön und prächtig sah, stieg ein böser Gedanke in ihm auf, sich des Gartens zu bemächtigen. Mit schillernden trunkenen Augen sprach er zu Herrn Tschou:

«Ob du gleich dumm dreinsiehst und alt, Blumen und Bäume zu pflanzen verstehst du wohl. Da hast du einen Becher Wein dafür, ich schenk' ihn dir!»

«Ich bin nicht gewohnt zu trinken», entgegnete Tschou zornig, «trinkt nur Ihr selber!»

Chinesischer Holzschnitt

«Möchtest du diesen Garten verkaufen?» fragte nun Djang We.

Als Tschou dies vernahm, wußte er, etwas Schlimmes würde jetzt kommen, erschrak und sagte:

«Dieser Garten ist mein Leben; wie litte es mich, ihn zu verkaufen?»

«Leben oder Nichtleben», rief Djang We, «verkaufe mir den Garten, und wenn du sonst nichts zu tun hast, kannst du bei mir bleiben. Brauchst nichts zu schaffen, als den Garten pflegen; was gäbe es Besseres für dich?»

«Hast Glück, Alter», mischten sich die Diener ein. «Wenn Herr Djang es auf diese Weise anzusehen geruht, solltest du dich beeilen, ihm zu danken!»

Herr Tschou sah, daß sie ihn Schritt für Schritt in ihr Netz treiben wollten: eine Erregung ergriff ihn, daß ihm Hände und Füße zu erschlaffen und abzusterben schienen. Als er keine Antwort gab, sagte Djang We:

«Ist es nicht um toll zu werden mit dem Alten da? Ob er den Garten verkaufen will oder nicht, steht bei ihm; warum also redet er nicht?»

«Ich habe Euch schon gesagt, ich verkaufe ihn nicht», entgegnete Tschou, «weshalb fragt Ihr also noch?»

«Plappre keinen Unsinn!» rief nun Djang We. «Wenn du noch einmal von Nichtverkaufen redest, schreib' ich einen Brief, um dich vor den Richter zu schicken.»

Tschou Schians Zorn war nun auf das höchste gestiegen, und er hätte Djang nun auch das seine gesagt. Doch überlegte er, daß Djang die Macht habe und überdies betrunken war; wie hätte er sich ihm da gleichstellen mögen? So gedachte er denn, sich ihn vorläufig aus der Nähe zu schaffen und abzuwarten, was weiterhin geschehen würde.

«Junker», sagte er, seine Erregung hinunterwürgend, «wenn Ihr den Garten kaufen wollt, laßt uns in Ruhe darüber reden. Wie könnten wir durch ein einziges Gespräch zu einem Entschlusse kommen?»

«Gut», sagten die andern, «du magst recht haben; warten wir also bis morgen.»

Inzwischen war die ganze Gesellschaft betrunken geworden und erhob sich. Die Diener räumten das Geschirr zusammen und entfernten sich zuerst. Da Tschou Schian aber fürchtete, sie möchten den Blumen etwas antun, stellte er sich davor, um sie zu schützen. Djang We indessen, koste es, was es wolle, stieg auf einen von den Mauersteinen und wollte sich eine Blüte brechen.

«Junker!» rief Tschou Schian, ihn umklammernd, «ob die Blume auch nur ein kleines Wesen ist, wer weiß davon, was es Mühe gekostet hat, die wenigen Blüten zu bekommen! Schmerzt es Euch denn nicht, sie abzubrechen? Schon in ein oder zwei Tagen wird sie verwelkt sein; wozu wollt Ihr also die Schmach und Sünde begehen?»

«Du plapperst wieder», entgegnete Djang We. «Was soll denn dies bedeuten: Schmach und Sünde? Wenn du morgen den Garten verkaufst, so ist er mein, und ich kann die Blüten alle abbrechen, wenn es mir gefällt; was kümmert das dich?»

Er wollte sich gewaltsam losreißen; doch Tschou Schian umklammerte ihn noch fester und rief:

«Und wenn Ihr mich erschlagt, ich dulde es nicht, daß Ihr die Blüte abbrecht!»

«Wahrlich»,sagten nun die andern, «der Alte ist doch ein sonderbarer Kauz! Eine einzige Blüte was macht das aus? Er sieht drein, als ob wir uns vor ihm fürchten sollten, und denkt, wir würden um seinetwillen ablassen, nach Laune Blüten zu brechen!»

Sogleich gingen sie hin und rissen die Blüten herunter. Tschou, auf das schmerzlichste betroffen, schrie laut auf. Er ließ Djang We fahren und suchte nun mit Leibeskraft, die übrigen von den Blüten fernzuhalten. Doch zu seinem Unglück blieb sogleich die eine Seite entblößt, sobald er die andere zu decken suchte: in kurzer Frist waren die meisten Blüten vom Zweige gerissen.

«Ihr Bösewichter», rief Tschou schmerzlich aus, «kommt zu einem, der euch nie Schlimmes getan, um ihn zu kränken und zu beleidigen! Wozu ist mir nun mein Leben noch wert?»

Dann ging er auf Djang We los und stieß ihn mit dem Kopfe vor die Brust. Der Anprall war so wütend und Djang We überdies so heftig betrunken, daß er von dem Stoße zu Boden fiel.

«Er hat den Junker verletzt!» riefen nun die andern und wandten sich gegen Tschou Schian, um ihn zu schlagen. Doch befanden sich einige bedachtere Leute unter ihnen, die, als sie sahen, daß Tschou schon alt war, fürchteten, er könnte zu Tode geschlagen werden. Sie führten die übrigen von ihm fort zu Djang We und beredeten sie, erst diesen aufzuheben.

Djang We, durch den Sturz noch wütender geworden, ging nun hin, schlug alle Blüten, so viele ihrer waren, auf die Erde und stampfte, damit nicht zufrieden, noch heftig auf den abgefallenen herum. Da wurde Tschou Schians Schmerz so unerträglich, daß er sich zu Boden warf und kläglich über Himmel und Erde schrie.

Als man in der Nachbarschaft vernahm, daß es im Garten Streit gab, gingen die Leute hin und sahen nun den Boden weit und breit mit Blüten und Blättern bedeckt. Djang Wes Meute wollte sich eben auf Tschou stürzen, um ihn zu schlagen; da legten sich die Nachbarn, heftig erschrocken, ins Mittel, beruhigten die Gesellen und fragten nach dem Grunde des ganzen Auftritts. Unter den Nachbarn befanden sich auch einige. Landpächter Djang Wes; die baten diesen um Entschuldigung für Tschou Schian. Während nun alle sich allmählich durch die Gartentür entfernten, sprach Djang We zu den Nachbarn:

«Sagt dem alten Dieb, wenn er mir mit artigen Worten den Garten schenkt, so soll ihm weiter nichts geschehen. Doch spricht er das Wort Nein nur zur Hälfte aus, so möge er zusehen, wie es ihm ergehe!»

Die Nachbarn dachten, er sei betrunken, und nahmen sich seine Rede nicht zu Herzen, kehrten zurück, hoben Tschou Schian vom Boden auf und setzten ihn auf die Treppe. Aber der Alte schrie immerzu und schien vom Schmerze erwürgt zu werden. Die Nachbarn trösteten ihn, nahmen Abschied und versperrten für ihn die Gartentür. Einige früher ebenfalls vom Zutritt zum Garten Ausgeschlossene meinten, der Alte habe niemals zugelassen, seine Blumen anzusehen, nun würde er sich nach diesem Streit wohl eines Besseren besinnen. Aber mehrere andere erwiderten, so dürfe man nicht sprechen; denn das Sprichwort sage:

Pflege die Blumen ein Jahr, so siehst du sie zehn Tage.

Die Leute wüßten nur, daß Blumen schön zu beschauen seien; aber sie gedächten nicht der Zeit und Mühe, die der Pfleger um die wenigen Blüten dahingee [hier fehlt Text!].

«Ist es also ein Wunder», fragten sie, «wenn der Alte die Blumen so eifersüchtig liebt?»

Tschou Schian indessen litt es nicht, die abgeschlagenen Blüten liegenzulassen; er ging hin, hob sie auf und fand alle schwer verletzt und zertreten. Da kam ihm der Schmerz wieder zurück, aufs neue quollen ihm die Tränen, während er sagte:

«Blumen, liebe Blumen, nie hab' ich euch ein Blättchen beschädigt; wer hätte denken sollen, daß euch nun heute solch trübes Schicksal widerfahren könnte?»

Er weinte noch, da sprach eine Stimme hinter ihm:

«Herr Tschou, warum klagt Ihr so bitterlich?»

Als er sich umwandte, sah er, daß es ein Mädchen von sechzehn Jahren war, fein und lieblich an Gestalt und Antlitz, in einem einfachen, doch edlen Gewände. Er wußte nicht, welchem Hause sie angehören mochte, wischte sich die Tränen fort und fragte:

«Jungfrau, aus welchem Hause stammt Ihr, und was ist Euer Begehr?»

«Ich wohne hier nahebei», erwiderte das Mädchen. «Man sagte mir, die Pfingstrosen in Eurem Garten stünden eben in vollster Blüte, so bin ich eigens hierhergekommen, sie mir anzusehen. Ich hätte nicht gedacht, daß sie schon verwelkt sind.»

Als Tschou Schian noch einmal an die Pfingstrosen erinnert wurde, kam ihn unwillkürlich wieder das Weinen an.

«Welch einen Kummer habt Ihr», fragte das Mädchen, «daß Ihr immerzu weinen müßt?»

Da erzählte ihr Tschou Schian, was ihm mit Djang We widerfahren war.

«Wenn es sich so verhält», lachte darauf das Mädchen, «sagt, möchtet Ihr Eure Blüten wieder an den Zweigen haben?»

«Ihr scherzt, Jungfrau!» erwiderte Tschou Schian. «Auf welchem Wege sollten denn abgefallene Blüten wieder an ihre Zweige kommen?»

«Von meinen Ureltern hab' ich ein Mittel, mit Namen ›Bring Blüten zum Zweig‹», entgegnete das Mädchen, «ich hab' es oft versucht, und es hat nie versagt.»

Da verwandelte sich Tschou Schians Kummer in Freude:

«Ist dies wahr, Jungfrau?» rief er aus.

«Weshalb sollte es nicht wahr sein?» sagte das Mädchen.

Da warf sich Tschou Schian auf die Knie vor ihr und sprach:

«Wenn Ihr mir etwas von jenem wunderbaren Mittel opfern wollt, so kann ich Euch nichts zu Danke tun. Doch will ich Euch immer zu mir rufen, sooft eine Blume aufgeblüht ist, damit Ihr sie Euch betrachtet.»

Chinesischer Holzschnitt

«Kniet nicht!» antwortete das Mädchen, «sondern geht hin und bringt einen Becher Wassers her!»

Tschou Schian stürzte fort, das Wasser zu holen, immer noch in lebhaften Zweifeln. Als er aber damit wiederkehrte, war das Mädchen verschwunden. Die Blüten jedoch saßen wieder an den Zweigen, und nicht eine einzige war auf der Erde liegengeblieben. Ursprünglich hatte jede nur eine Farbe gehabt; doch als er sie jetzt ansah, schienen sie verwandelt und waren rot und violett gestreift und boten ein Bild der farbenreichsten Mannigfaltigkeit. Jeder Baum trug Blüten von fünferlei Farbe und war noch frischer und prächtiger geworden als zuvor.

Tschou Schian freute sich und erstaunte sehr: «Wer hätte gedacht», sagte er, «daß die Jungfrau in Wahrheit solch wunderbares Mittel besäße?»

Er glaubte, das Mädchen müsse noch irgendwo hinter den Bäumen stehen, stellte das Wasser ab und wollte hingehen, ihr Dank zu sagen. Doch ob er gleich den ganzen Garten durchsuchte, tauchte auch nicht ihr Schatten im Umkreis auf.

Warum ist sie so ohne Gruß von dannen gegangen? dachte Tschou. Sicherlich finde ich sie noch, wenn ich vor der Tür nachsehe; ich will hingehen, sie zu bitten, mich dieses Wundermittel zu lehren.

Er ging zur Tür, da war sie noch verschlossen. Als er aufsperrte, sah er zwei alte Männer aus der Nachbarschaft, Yü und Schien mit Namen, dort sitzen, um zuzusehen, wie die Fischer ihre Netze trockneten. Als sie Tschou Schian herauskommen sahen, erhoben sie sich und sprachen zu ihm:

«Wir haben gehört, Junker Djang habe es hier schlimm getrieben. Wir waren auf dem Felde, so konnten wir nicht eher hierherkommen, um nach dem Grunde zu fragen.»

«Erinnert mich nicht an die Bösewichter, die mir so großes Unrecht getan», entgegnete Tschou Schian, «ich habe einer Jungfrau zu danken, die mir die Blüten durch ein wunderbares Mittel gerettet hat. Doch konnte ich ihr noch kein Wort des Dankes sagen, da war sie schon verschwunden. Habt ihr beide nicht gesehen, in welcher Richtung sie gegangen ist?»

Als die beiden Alten dies vernahmen, wunderten sie sich sehr: «Wie kann das sein», erwiderten sie, «daß die abgeschlagenen Blüten wieder an ihre Zweige gekommen sind? Wann ist die Jungfrau denn fortgegangen?»

«Soeben», entgegnete Tschou Schian.

«Wir sitzen schon lange hier», sagten die Nachbarn, «es ist aber niemand vorübergegangen. Wie hätten wir also ein Mädchen hier sehen sollen?»

Da erbebte Tschou Schians Herz: «Ist es so, wie ihr sagt», sprach er, «so ist es vielleicht ein Geist gewesen, der auf die Erde kam.»

«Sagt an», drangen die Alten in ihn, «wie hat sie es denn gemacht, daß sie die Blüten rettete?»

Als Tschou Schian alles erzählt hatte, erstaunten sie noch mehr und wollten das Wunder mit eigenen Augen sehen. So gingen sie denn zusammen hinein bis vor die Bäume:

Chinesischer Holzschnitt

«Es muß in Wahrheit ein Geist gewesen sein!» riefen sie aus, von Bewunderung übermannt. Sogleich machte Tschou Schian einen Krug mit Wein zurecht und dankte dem Mädchen zum Himmel hinauf.

«Ihr habt die Blumen immer so herzlich und mit Inbrunst geliebt», sprachen nun die Alten, «daß ein Geist um Euretwillen herabgekommen ist. Djang We wird sich zu Tode schämen, wenn er morgen die Blüten wiedersieht.»

«Laßt das», erwiderte Tschou Schian,« solch ein Mensch gleicht einem bissigen Hunde, man soll sich schon aus der Ferne vor ihm hüten; was lockt ihr ihn noch herbei?»

«Da habt Ihr recht», bestätigten die Alten.

Tschou Schian, in seiner großen Freude, kochte nun den Krug Wein vom vergangenen Tage, ließ die beiden nicht fort und trank mit ihnen unter den Blumen, bis es Abend geworden. Dann erst nahmen die Alten Abschied von ihm und erzählten nun überall die wunderbare Geschichte, die sich bald über das ganze Dorf verbreitete.

Am nächsten Morgen wären gerne alle hingegangen, das Wunder zu betrachten; doch fürchteten sie, Tschou werde es nicht zulassen. Wer von ihnen hätte auch denken sollen, daß Tschou Schian es schon lange in seinen Gedanken trug, selber ein Geist zu werden, und nun, da einer zu ihm gekommen, entschlossen war, die Welt unter sich versinken zu lassen? Die ganze Nacht war er nicht schlafen gegangen und hatte unter den Blumen gesessen, im Gedanken, das böse Erlebnis mit Djang We sei nur möglich geworden, weil er so engen Herzens gewesen. Dafür sei er nun gestraft worden. Würde er aber so frei und groß an Sinn und Herzen, wie die Unsterblichen sind, und gleich ihnen fähig, alles zu ertragen, was könnte ihm dann noch widerfahren?

Am andern Morgen öffnete er die Tür, um die Neugierigen nach Laune alles betrachten und im Garten lustwandeln zu lassen. Er hatte eben aufgemacht, als einige hereinkamen. Da sahen sie Tschou Schian bei den Pfingstrosenbäumen sitzen, und er sprach zu ihnen:

«Kommt, wie ihr wollt, und sehet euch um! Nur brecht mir keine Blüten ab!»

Als sie dies vernahmen, berichteten sie es allüberall: Mann und Weib, jung und alt drängten sich nun herzu, um zu betrachten und anzustaunen.

Unterdessen hatte sich Djang We früh von seinem Lager erhoben und sprach zu seinen Leuten:

«Gestern hat mich der Alte zu Boden gestoßen; aber ich werde es nimmermehr dulden. Er gibt mir nun den Garten heraus, oder wir gehen hin und schlagen sämtliche Bäume in Stücke.»

«Der Garten ist nicht weit», erwiderten die andern, «wir fürchten nicht, daß er sich weigern wird. Doch besser wäre es gewesen, wir hätten nicht alle die Blüten heruntergeschlagen und einige übriggelassen zur Augenweide.»

«Was kümmert uns das?» entgegnete Djang We, «sie werden im nächsten Jahre schon wieder blühen. Laßt uns jetzt eilen, ehe der Alte Zeit hat, sich zum Widerstande zu bereiten!»

Als sie nun aus ihrem Hause herauskamen, hörten sie, in Tschou Schians Garten sei eine Unsterbliche gewesen, alle Blüten stünden wieder an ihrem Orte und seien noch mannigfaltiger an vielerlei Farben denn zuvor. Djang We vermochte es nicht zu glauben:

«Welcherlei Tugend», sagte er, «hätte der Alte, daß eine Unsterbliche sich zu ihm bemühen möchte? Und warum geschah dies nicht früher noch später, sondern eben jetzt, da wir die Blüten herabgeschlagen haben? Stehen Geister bereit, wann man gerade ihrer bedarf, oder hält man sie vielleicht im Hause? Er fürchtete uns wohl, so erfand er geflissentlich diese Fabel und sorgte dafür, daß sie Verbreitung fand, damit auch wir davon vernehmen und ängstlich werden sollten.»

«Da habt Ihr recht, Junker!» stimmten die andern bei.

Nicht lange, so standen sie vor dem Garten an der aus Zweigicht geflochtenen Tür, durch deren weit geöffnete Flügel die Menschen aus- und einströmten und mit tausend Mündern alle das gleiche erzählten.

«Kann es dergleichen geben?» riefen Djang Wes Leute aus; Djang We aber sagte:

«Ohne Furcht! Selbst wenn Geister in dem Garten wohnen, so will ich ihn dennoch besitzen!»

Sie gingen hinein und stracks bis zu dem Grashäuschen, wo sie denn mit eigenen Augen sahen, daß es keine Fabel war. Djang We erstaunte darob in seinem Herzen; aber seine Gier, sich des Gartens zu bemächtigen, ward darum nicht geringer. Eine andere Bosheit fiel ihm ein, so daß er zu seinen Leuten sprach:

«Wir wollen einstweilen gehen.»

Als sie zur Gartentür wieder hinausgetreten waren, fragten ihn seine Kumpane, weshalb er denn nicht wegen des Gartens gefragt habe. Da entgegnete Djang We:

«Ich weiß eine List. Ohne weitere Worte mit ihm wird der Garten morgen schon mein sein.»

«Was für eine List?» fragten die andern.

«Ihr wißt», erwiderte Djang We, «seit einiger Zeit unternimmt Wang Tsai einen Aufstand, indem er das Volk durch Zaubereien an sich lockt.

Chinesischer Holzschnitt

Die kaiserliche Regierung hat eine Botschaft über das ganze Land erlassen, man möge alle Zauberer und ihre Helfershelfer gefangennehmen. In unserem Bezirke sind dreitausend Taëls Belohnung ausgesetzt worden für denjenigen, der solche Leute unter bestimmten Beweisen zur Anzeige bringt. Welchen Beweises bedürfte es aber noch, als der Blüten, die wieder an ihre Zweige zurückgekehrt sind? Ich werde also Djang Pa in die Stadt gehen lassen, den Alten anzuzeigen, daß er das Volk mit Zaubereien zum Aufstande verlockt habe. Kann er die Folter nicht ertragen, so wird er seine Schuld einbekennen und ins Gefängnis geworfen werden. Der Garten wird von Amts wegen verkauft; doch wird außer mir niemand es wagen, einen Zaubergarten zu kaufen, und auch die dreitausend Taels Belohnung sind mein.»

«Dies ist eine treffliche List, Junker», sagten Djangs Leute.

Sie begaben sich sofort nach der Stadt und ließen daselbst eine Anklage schreiben. Tags darauf ging Djang Pa zu Gericht und brachte Tschou Schian zur Anzeige. Djang We hatte just diesen unter seinen Dienern dazu ausersehen, weil Djang Pa bei Gericht überall wohlbekannt war.

Der Gerichtsbeamte, stets in Bereitschaft, eine Bande von Zauberern zu verhaften, vernahm, daß alle Leute im Dorfe die Zauberei mit Augen gesehen hätten, und konnte nicht anders, als Djang Pa Glauben schenken. Sogleich sandte er die Amtsknechte mit Djang Pa dahin, um Tschou Schian gefangenzunehmen. Djang We bezahlte im Amte, was er schuldig war, und folgte mit seinen Leuten den Amtsknechten nach.

Diese begaben sich geradewegs in Tschou Schians Garten. Der alte Tschou aber glaubte, es seien Leute, die wegen der Blumen gekommen seien, und achtete ihrer nicht. Da stürzten sich mit einem Schrei alle Amtsknechte zugleich auf Tschou und banden ihn mit Stricken. Tschou erschrak heftig und fragte:

«Welche Schuld habe ich?»

Die Männer aber schimpften ihn Zauberer und Friedensstörer, ließen nicht zu, daß er sich verteidige, und stießen ihn aus der Tür. Als die Nachbarn dies gewahrten, erschraken auch sie und fragten die Amtsknechte nach dem Grunde.

«Wagt ihr's noch zu fragen?» erwiderten diese. «Sein Verbrechen ist von solcher Art, daß geargwöhnt werden muß, das ganze Dorf habe sich daran beteiligt.»

Als dem armen Volke auf diese Weise gedroht wurde, hatten sie Furcht und flohen von dannen, um nicht mit Tschou Schian gemeinsam bestraft zu werden. Nur Yü und Schien, die beiden Alten, und wenige gute Freunde folgten dem Zuge, um zu sehen, was weiter geschah.

Unterdessen begab sich Djang We, kaum daß Tschou Schian weggeführt worden war, mit seinen Leuten zu dem Garten, um ihn zu verschließen. Da er fürchtete, es könne noch jemand darin zurückgeblieben sein, suchte er noch einmal alle Wege und Stege ab, versperrte die Tür und eilte den Amtsknechten nach.

Chinesischer Holzschnitt

Kurz darauf schon wurde Tschou Schian vor Gericht gebracht und mußte vor dem Richtertische niederknien. Neben sich gewahrte er einen andern Knienden, erkannte ihn aber nicht. Es war der Ankläger Djang Pa. Die Amtsknechte und Gefängniswärter, von Djang We reichlich bestochen, brachten allerlei Foltergeräte herbei und erwarteten die Befehle des Richters. Da fragte dieser:

«Woher kommst du? Wie wagst du es, die Bürger durch Zaubereien zu verlocken, und wie viele sind deine Helfershelfer? Sage es an und rede die Wahrheit!»

Tschou hörte diese Worte, wie wenn einer in der Finsternis einen jähen Donnerprall vernimmt, und wußte nicht, wie die Rede darauf kam.

«Ich bin aus dem Dorfe Tsiang-Lo», erwiderte er, «kein Zauberer von irgendwoher und kenne keinerlei Zaubereien.»

«Hast du nicht in diesen Tagen die abgefallenen Blüten durch Zauber zurück an ihre Zweige gebracht, oder leugnest du dies?» fragte der Richter.

Als Tschou Schian dies hörte, erkannte er, daß das Ganze ein Betrug von Djang We war. Sogleich erzählte er dem Richter alles, was ihm mit jenem und dem Geiste begegnet war. Doch der Richter war kurz angebunden und glaubte ihm nicht.

«Es gibt viele», sagte er, «die durch Jahre lernen und sich mühen, einem Geiste zu begegnen, und dennoch gelingt es ihnen nicht. Wie sollte denn nun wegen deines Jammerns ein Geist auf Erden erscheinen? Und warum nannte er seinen Namen nicht, damit man ihn erkenne, und ging ohne Abschied fort? Du lügst und bist gewißlich ein Zauberer. Flink, klemmt den Alten mit dem Doppelgestänge!»

Die Amtsknechte, gleich Wölfen und Tigern, kamen heran, schlugen Tschou Schian unter sich und hielten der eine seine Arme, der andere seine Beine fest. Als sie aber mit Klemmen beginnen wollten, befiel den Richter ein jäher Schwindel, so daß er fast unter den Gerichtstisch gesunken wäre. Da er sich im Kopf und vor den Augen unwohl fühlte und kaum aufrecht zu sitzen vermochte, befahl er den Amtsknechten, Tschou Schian mit dem Halsbrett zu schließen und ins Gefängnis zu schaffen; er werde morgen über ihn zu Gerichte sitzen.

Die Amtsknechte führten den bitterlich weinenden Greis hinaus. Als er Djang Wes ansichtig wurde, sagte er:

«Wann wäre ich Euer Feind gewesen, daß Ihr so grausam seid und wollt mich aus dem Leben zum Tode bringen?»

Aber Djang We antwortete nicht und ging mit Djang Pa und den andern davon. Nur Yü und Schien, die beiden Alten, gingen hin, erfragten die Ursache und sprachen zu Tschou Schian:

«Gibt es solch Unrecht auf der Welt? Morgen wollen wir samt allen Leuten vom Dorfe einen Brief an den Richter schreiben und um Euren Freispruch bitten.»

«Ich hoffe auf euch», erwiderte Tschou Schian; doch im selben Augenblicke mengten die Gefängniswärter sich ein und schrien:

«Verbrecher, gehst du noch nicht weiter? Was plärrst du immerzu?»

梁山泊吳用

翠嵐宗

Chinesischer Holzschnitt

Da ging Tschou Schian weinend in das Gefängnis.

Nun sandten die Nachbarn ihm etwas Trank und Speise hin; aber die Gefängniswärter behielten alles für sich und gaben ihm nichts davon. Des Nachts lag Tschou Schian auf einer Pritsche wie ein Toter, konnte weder Arme noch Beine frei bewegen und versank in eine tiefe Traurigkeit.

Weiß nicht, dachte er, welcher Geist das war, der meine Blüten rettete, damit ich nun selbst durch Djang We zugrunde gehe! Liebe Unsterbliche, wenn du dich meiner erbarmtest und rettetest nun auch mein Leben, so wollte ich gern mein Haus verlassen und in das Tao eingehen.

Kaum hatte er sein Gelöbnis ausgesprochen, als er die Unsterbliche langsam zu sich niederschweben fühlte. Sogleich rief Tschou Schian:

«Rette mich, Wohltäterin!» Das Mädchen aber lachte: «Wollt Ihr der Not entkommen?»

Mit einem Winke der Hand befreite sie ihn von dem Folterbrett; er aber näherte sich ihr und fragte nach ihrem Namen.

«Ich bin eine Blumenwächterin», antwortete sie, «gesandt von der Königinmutter des südwestlichen Himmels. Da deine Hingabe an die Blumen mich rührte, ließ ich die Blüten wieder an die Zweige wachsen. Wer hätte gedacht, daß der böse Mensch dieses Wunder wider dich mißbrauchen könnte? Doch war auch diese Prüfung für dich notwendig; morgen aber wirst du aller Not entrinnen. Djang We hat Blumen gekränkt und Menschen betrogen. Schon hat der Blumengott dem Himmelsgotte darüber berichtet. Darum wird Djang Wes Leben verkürzt, und seine Leute sollen bestraft werden. Du aber hast deine Zeit stets der Tugend geweiht. Daher will ich dir in einigen Jahren helfen, unter die Unsterblichen einzugehen. Wenn du nichts mehr issest als Blumenblätter, so wird dein Leib leicht werden, daß es ihn flaumgleich in den Himmel hebt.»

Dann lehrte sie ihn, auf welche Weise die Blumenblätter gegessen werden müßten; Tschou Schian aber kniete vor sie hin und dankte ihr. Als er aufstand, sah er das Mädchen nicht mehr. Er hob den Kopf und gewahrte sie oben auf der Kerkermauer stehen, von wo sie mit der Hand winkte und rief: «Komm mit!» Tschou Schian ging hin und begann hinanzuklimmen; aber ob er gleich klomm und klomm, war er noch kaum bis zur Mittelhöhe der Mauer gelangt. Er schien immer schwerer zu werden und fühlte, daß er nicht weiterklettern könne. Mit einem Male vernahm er den Schlag eines Gongs, und eine Stimme rief:

«Der Zauberer ist geflüchtet, auf, suchen wir ihn!»

Da erschrak er, seine Hände zitterten, seine Füße erstarben, schwer fiel er von der Mauer zu Boden. In diesem Augenblick erwachte er vor Schreck und sah, daß er noch auf der Pritsche lag. Er überdachte lange das Traumerlebnis, das noch mit voller Klarheit vor ihm stand. Nun glaubte er, es würde alles noch zu gutem Ende gelangen, und wurde ruhig.

Chinesischer Holzschnitt

Als Djang We sah, daß der Richter Tschou Schian als Zauberer behandelte, konnte er sich nicht genug des gelungenen Planes freuen und sagte:

«Der Alte war immer ein sonderlicher Mensch. Heute aber muß er auf der Pritsche liegen und kann nicht verhindern, daß wir uns in seinem Garten nach Gefallen ergötzen.»

«Das letztemal», erwiderten die Kumpane, «gehörte der Garten ihm, so konnten wir seiner nicht nach Herzenslust genießen. Heute aber ist der Garten unser, so laßt uns darin hausen und zechen, wie unsere Laune es will.»

«Recht so!» bestätigte Djang We, ging mit ihnen sogleich aus der Stadt und hieß die Diener Speisen und Getränke besorgen. Als sie vor Tschou Schians Garten anlangten, öffneten sie die Tür und traten ein. Obwohl die Nachbarn Djang We allesamt für einen bösen Menschen hielten, wagten sie es dennoch nicht, etwas dawider zu sagen; denn sie fürchteten ihn. Nun ging Djang We mit seinen Gesellen geradewegs bis zu dem Grashäuschen; da gewahrte er, daß keine einzige Pfingstrose mehr an ihrem Zweige stand, kreuz und quer lagen die Blüten auf der Erde, genau wie sie damals abgeschlagen worden. Seine Leute erstaunten, Djang We aber sagte:

«Seht doch, ob der Alte nicht in Wahrheit Zaubermittel besitzt? Wie vermöchten sonst die Blüten in einem halben Tage wieder ihre Lage zu ändern? War dies am Ende auch ein Geist, der sie nun vom Stamme geschlagen hat?»

«Vielleicht wußte er», meinte einer von dem Gesindel, «daß wir hierherkommen würden, seine Blumen anzusehen, da hat er sie verzaubert, um uns Ärger zu bereiten.»

«Sind die Blüten durch Zauber vom Baume geschlagen», sprach Djang We, «wohl, so laßt uns den abgeschlagenen eine Trinkweihe bringen.»

Nun breiteten sie Teppiche auf die Erde, ließen sich darauf nieder und tranken in wildester Ausgelassenheit. Djang We schenkte Djang Pa allein zwei Krüge mit Wein, um ihn für seine Leistung vor Gericht zu belohnen. So zechten sie weiter bis zum späten Nachmittag, und als die Sonne gen Westen ging, war nicht einer unter ihnen, der nicht trunken gewesen. Mit einem Male erhob sich ein jäher

Wirbelwind und wehte alle die Blüten empor: sie standen auf und waren im Nu in lauter kleinwinzige Mädchen, nicht höher als einen Fuß, verwandelt.

«Was ist dies?» riefen Djang We und seine Leute erschrocken aus.

Kaum aber hatten sie das Wort gesprochen, da wuchsen die Mädchen im stiebenden Wind in die Höhe, als habe dieser sie großgeweht, und waren alle fein und lieblich an Gestalt und glänzten in bunten und berückenden Gewändern. Sie stellten sich in die Runde. Die ganze Meute, geblendet von ihrer Schönheit, starrte sie an. Da sprach eines von den Mädchen in rotem Gewände zu den andern:

«Schwestern, wir wohnen hier mehr denn zehn Jahre, von Herrn Tschou auf das innigste geschützt und betreut. Wer hätte denken mögen, daß diese Bösen uns also kränken würden? Sie haben Herrn Tschou durch ihre List ins Gefängnis gebracht und wollen sich dieses Gartens bemächtigen.

貳花童

Chinesischer Holzschnitt

Jetzt steht der Feind vor unseren Augen; warum schlagen wir ihn nicht mit Kraft unsres Lebens, dankbar gegen Herrn Tschou und rachelustig für uns selber?»

«Du hast recht, jüngere Schwester», erwiderten die andern, «laßt uns schnell beginnen, ehe der Feind entflieht!»

Kaum gesagt, schwangen sie ihre mehrere Fuß breiten Ärmel, die waren wie ein Windsegel. Der eisige Hauch, den sie erzeugten, bohrte sich kalt bis ins tiefste Gebein.

«Geister!» schrien die Leute und rannten in tödlicher Verwirrung, ohne mehr einer den andern zu gewahren, davon. Diesen rissen die Zweige blutig, jener fiel hin, stand auf, fiel wieder hin, und der Wirrwarr war so grenzenlos, daß sie erst nach langer Zeit wagten, stehenzubleiben. Nun zählten sie die Zahl der Anwesenden; Djang We und Djang Pa waren nicht mehr da. Der Sturm hatte aufgehört, und es war Abend. Da deckten alle ihren Kopf mit den Händen zu und entfernten sich wie die Mäuse.

Sie bedurften langer Zeit, sich zu erholen. Erst dann nahmen sie einige Feldarbeiter mit sich und kehrten mit diesen in den Garten zurück, um nach Djang We und Djang Pa zu suchen. Als sie an einem großen Aprikosenbaum vorüberkamen, vernahmen sie ein lautes Geschrei und leuchteten mit den Laternen. Da lag Djang Pa, der über eine querwachsende Baumwurzel gestürzt und schwer am Kopf verletzt war. Da er sich nicht erheben konnte, trugen ihn zwei Bauern nach Hause. Die anderen suchten weiter nach Djang We.

Nun war es still im Garten, die zehntausend Geräusche des Tages schienen eingeschlafen. Bei den Pfingstrosenbäumen sahen sie, daß die Blüten wieder an ihrem Orte standen und kein Blättchen mehr auf der Erde lag. Im Grashäuschen gab es Becher und Geschirr in Haufen, der übriggebliebene Wein war über den Estrich vergossen. Vor dem Anblick streckten die Leute aus Angst die Zunge heraus. Die einen räumten die Scherben zusammen, die andern gingen, um weiter nach Djang We zu suchen. Aber ob der Garten auch nicht groß war und sie ihn drei- oder viermal nach allen Richtungen durchsuchten, war doch von Djang We keinerlei Spur zu entdecken. Hatten die Geister ihn gefressen oder der Wind ihn verweht? Zuletzt, als sie ihn auf keine Weise finden konnten, blieb ihnen nichts andres übrig, als zurückzukehren und bis morgen zu warten, um dann das Suchen von neuem zu beginnen.

Eben wollten sie aus der Tür treten, als ihnen noch etliche Menschen mit Laternen in der Hand entgegenkamen: es waren die beiden Alten, Yü und Schien, mit einigen Nachbarn. Sie hatten gehört, man habe im Garten Geister getroffen, Djang We könne trotz eifrigen Suchens nirgends gefunden werden, und wußten nun nicht, was sie davon halten sollten. So hatten sie sich denn aufgemacht, um selbst nachzusehen. Als sie nun von Djang Wes Dienern erfuhren, was sich zugetragen, erschraken sie sehr und sprachen zu jenen:

«Kehrt noch nicht heim, wir wollen euch noch einmal suchen helfen.»

Die Diener waren es zufrieden und suchten an allen Ecken und Enden; doch war es auch diesmal vergeblich, so daß man sich zuletzt dennoch entschließen mußte, nach Hause zu gehen.

«Wenn ihr heut nacht nicht mehr hierher zurückkommen wollt», sagten die beiden Alten, «so werden wir die Tür verschließen. Es ist ja niemand hier; wir denken, dies tun sei Nachbarspflicht.»

Der Dienerschaft, die mit Djang We ihren Kopf verloren hatte, war aller Übermut und alle Schurkerei vergangen. So antworteten die Leute:

«Tut, was ihr wollt!»

Aber noch hatten sich die Menschen von hüben und drüben nicht entfernt, als einer von den Feldarbeitern laut aus einem Winkel der Ostmauer herüberrief:

«Hier ist unser Herr!»

Wie Bienen stoben die Leute an die Stelle, da sagte der Bauer:

«Ist das nicht unseres Herrn weicher Hut da auf dem Baumzweig?»

«Wenn der Hut da ist, so kann auch der Herr nicht ferne sein», antworteten die Leute.

Sie leuchteten einige Schritte die Mauer entlang, bis einer aufschrie. Unweit der Ostmauer befand sich nämlich eine Mistgrube.

Sie erblickten darin zwei menschliche Füße, senkrecht gegen den Himmel gestreckt. Die Diener erkannten Djang Wes Stiefel und wußten nun, daß kein anderer als ihr Herr in der Mistgrube lag. Mühsam arbeiteten sie sich durch Schmutz und Stank und zogen Djang We heraus. Yü und Schien aber, die beiden Alten, dankten heimlich dem Himmel für die gerechte Strafe und entfernten sich mit den Nachbarn. Unterdessen trugen die Diener Djang Wes Leichnam ans Ufer des Sees und wuschen ihn, nachdem sie ihres Herrn Angehörige von dem Unglück verständigt hatten. Djang We wurde begraben, und auch Djang Pa erlag seinen schweren Verletzungen.

Chinesischer Holzschnitt

Tags darauf, als der Richter wieder genesen war, wollte er eben Tschou Schian vor sich bringen lassen, um über ihn zu Gericht zu sitzen, als ihm einer der Amtsknechte den Tod der beiden Ankläger Djang We und Djang Pa meldete, indem er zugleich aller Umstände Erwähnung tat, unter denen der Tod erfolgt war. Der Richter zweifelte noch an ihren Worten; da erschienen an hundert Bürger aus dem Dorfe Tsiang-Lo und brachten ein Schreiben, worin sie sich sämtlich unterschrieben und auf das ausführlichste aufgezeichnet hatten, wie Tschou Schian stets die Blumen geliebt und die Tugend gepflegt habe und keineswegs ein Zauberer sei, Djang We aber ihn habe zugrunde richten wollen und bereits vom Himmel bestraft worden sei. Dies alles war von Anfang bis zu Ende mit großer Klarheit in dem Schriftstück niedergelegt. Da der Richter tags zuvor unwohl geworden, glaubte auch er, es läge etwas Verhängnisvolles dazwischen, ließ Tschou Schian aus dem Gefängnis bringen und sprach ihn frei. Zugleich ließ er an Tschous Gartentür eine Bekanntmachung anheften, worin er verbot, daselbst Blumen zu pflücken oder zu beschädigen. Darauf dankten ihm die Bürger und entfernten sich.

Nachdem Tschou Schian auch seinerseits den Nachbarn gedankt, kehrte er mit Yü und Schien, den beiden Alten, nach Hause zurück, schloß den Garten auf und trat ein. Als er seine Pfingstrosen wieder blühend fand, verharrte er in einer tiefen Ergriffenheit. Die Nachbarn rüsteten ein Festmahl und luden Tschou Schian dazu ein, um die Wiederherstellung seines Glückes zu feiern; Tschou Schian erwiderte mit einer ähnlichen Festlichkeit, und auf diese Weise ging es mehrere Tage lang weiter fort.

Seit dieser Zeit aber aß Tschou Schian täglich von den Blättern der hunderterlei abgefallenen Blüten, entwöhnte sich allmählich der Speisen, die über Rauch und Feuer zubereitet werden, und gab alles, was er durch den Verkauf des Obstes erwarb, dahin, um Gutes zu tun. Schon in wenigen Jahren färbte sein weißes Haar sich wieder schwarz, und eine neue Jugend glättete sein Antlitz.

Eines Tages, als in der Mitte des August das Fest des Mittherbstes gefeiert wurde, die Sonne strahlend am Himmel stand und über zehntausend Meilen kein Fleckchen Wolke im reinen Blau erschien, saß Tschou Schian gerade unter den Blumen; da begann ganz leise der segenbringende Wind zu wehen und baute bunte Wolken wie siedenden Dampf in die Lüfte, aus denen das Schalmeien süßer Musik herunterscholl. Ein wunderbarer Wohlgeruch erfüllte den Atem, blaue Phönixe und weiße Störche flogen und tanzten in der Luft und senkten sich allmählich in den Garten herab. Auf einer Wolke aber erschien die Blumenwächterin, die von der Königinmutter des südwestlichen Himmels gesandt worden, und zu ihren beiden Seiten bewegten sich zwei Reihen bunter Fahnen und gestickter Schirme, während einige von den Schirmträgerinnen auf mannigfaltigen Instrumenten musizierten. Als Tschou Schian des Anblicks gewahr wurde, warf er sich sogleich vor der Blumenwächterin auf die Knie; sie aber sprach: «Deine Tugend ist nun an ihren Gipfel gelangt. Ich habe dem Himmelsgott davon berichtet. Er verleiht dir den Titel des Blumenbeschützers. Du sollst künftig Herrscher über alle Blumen der Erde sein und heute in den Himmel gelangen. Wer unter den Menschen die Blumen liebt, dem mußt du Segen bringen; wenn aber einer die Blumen kränkt und verletzt, mußt du ihm Unheil bringen.»

Chinesischer Holzschnitt

Tschou Schian dankte ihr und bestieg mit all den andern Geistern die Wolke; das Grashaus und alle Blumen und Bäume schwebten ihm langsam nach und wandten sich gegen Süden. Yü und Schien, die beiden Alten, und die übrigen Leute vom Dorf sahen dies und warfen sich alle zur Erde. Auch gewahrten sie noch deutlich, wie Tschou Schian von der Wolke herunterwinkte, die allmählich entschwand.

Später wurde dann der Ort Tsiang-Lo das Dorf des Geisteraufstiegs oder der hundert Blumen genannt.

Über tredition

Eigenes Buch veröffentlichen

tredition wurde 2006 in Hamburg gegründet und hat seither mehrere tausend Buchtitel veröffentlicht. Autoren veröffentlichen in wenigen leichten Schritten gedruckte Bücher, e-Books und audio-Books. tredition hat das Ziel, die beste und fairste Veröffentlichungsmöglichkeit für Autoren zu bieten.

tredition wurde mit der Erkenntnis gegründet, dass nur etwa jedes 200. bei Verlagen eingereichte Manuskript veröffentlicht wird. Dabei hat jedes Buch seinen Markt, also seine Leser. tredition sorgt dafür, dass für jedes Buch die Leserschaft auch erreicht wird.

Im einzigartigen Literatur-Netzwerk von tredition bieten zahlreiche Literatur-Partner (das sind Lektoren, Übersetzer, Hörbuchsprecher und Illustratoren) ihre Dienstleistung an, um Manuskripte zu verbessern oder die Vielfalt zu erhöhen. Autoren vereinbaren direkt mit den Literatur-Partnern die Konditionen ihrer Zusammenarbeit und partizipieren gemeinsam am Erfolg des Buches.

Das gesamte Verlagsprogramm von tredition ist bei allen stationären Buchhandlungen und Online-Buchhändlern wie z. B. Amazon erhältlich. e-Books stehen bei den führenden Online-Portalen (z. B. iBookstore von Apple oder Kindle von Amazon) zum Verkauf.

Einfach leicht ein Buch veröffentlichen: **www.tredition.de**

Eigene Buchreihe oder eigenen Verlag gründen

Seit 2009 bietet tredition sein Verlagskonzept auch als sogenanntes "White-Label" an. Das bedeutet, dass andere Unternehmen, Institutionen und Personen risikofrei und unkompliziert selbst zum Herausgeber von Büchern und Buchreihen unter eigener Marke werden können. tredition übernimmt dabei das komplette Herstellungs- und Distributionsrisiko.

Zahlreiche Zeitschriften-, Zeitungs- und Buchverlage, Universitäten, Forschungseinrichtungen u.v.m. nutzen diese Dienstleistung von tredition, um unter eigener Marke ohne Risiko Bücher zu verlegen.

Alle Informationen im Internet: **www.tredition.de/fuer-verlage**

tredition wurde mit mehreren Innovationspreisen ausgezeichnet, u. a. mit dem Webfuture Award und dem Innovationspreis der Buch Digitale.

tredition ist Mitglied im Börsenverein des Deutschen Buchhandels.

Dieses Werk elektronisch lesen

Dieses Werk ist Teil der Gutenberg-DE Edition DVD. Diese enthält das komplette Archiv des Projekt Gutenberg-DE. Die DVD ist im Internet erhältlich auf **http://gutenbergshop.abc.de**

MIX

Papier | Fördert
gute Waldnutzung

FSC® C083411

Zeitfracht Medien GmbH
Ferdinand-Jühlke-Straße 7
99095 Erfurt, Deutschland
produktsicherheit@kolibri360.de

Tucholsky Wagner Zola Scott Sydow Freud Schlegel
Turgenev Fonatne Wallace
Twain Walther von der Vogelweide Fouqué Friedrich II. von Preußen
Weber Freiligrath Frey
Fechner Fichte Weiße Rose von Fallersleben Kant Ernst Frommel
Richthofen
Hölderlin
Engels Fielding Eichendorff Tacitus Dumas
Fehrs Faber Flaubert
Maximilian I. von Habsburg Fock Eliasberg Ebner Eschenbach
Feuerbach Eliot Zweig
Ewald Vergil
Goethe Elisabeth von Österreich London
Mendelssohn Balzac Shakespeare Elisabeth von Österreich Dostojewski Ganghofer
Lichtenberg Rathenau Doyle Gjellerup
Trackl Stevenson Hambruch
Mommsen Tolstoi Lenz Droste-Hülshoff
Dach Thoma von Arnim Hägele Hauff Humboldt
Verne Reuter Rousseau Hagen Hauptmann Gautier
Karrillon Garschin Baudelaire
Damaschke Defoe Hebbel
Descartes Hegel Kussmaul Herder
Wolfram von Eschenbach Dickens Schopenhauer Rilke George
Bronner Darwin Melville Grimm Jerome
Campe Horváth Aristoteles Bebel Proust
Bismarck Vigny Voltaire Federer Herodot
Gengenbach Barlach Heine
Storm Casanova Tersteegen Gilm Grillparzer Georgy
Chamberlain Lessing Langbein
Brentano Lafontaine Gryphius
Strachwitz Claudius Schiller Kralik Iffland Sokrates
Katharina II. von Rußland Bellamy Schilling
Gerstäcker Raabe Gibbon Tschechow
Löns Hesse Hoffmann Gogol Wilde Gleim Vulpius
Luther Heym Hofmannsthal Klee Hölty Morgenstern
Roth Heyse Klopstock Kleist Goedicke
Luxemburg Puschkin Homer
La Roche Horaz Mörike Musil
Machiavelli Musset Kierkegaard Kraft Kraus
Navarra Aurel Lamprecht Kind Moltke
Nestroy Marie de France Kirchhoff Hugo
Laotse Ipsen Liebknecht
Nietzsche Nansen Ringelnatz
Marx Lassalle Gorki Klett
von Ossietzky May vom Stein Lawrence Leibniz
Petalozzi Irving
Platon Knigge
Sachs Pückler Michelangelo Kafka
Poe Kock
Liebermann Korolenko
de Sade Praetorius Mistral Zetkin

Der Verlag tredition aus Hamburg veröffentlicht in der Reihe **TREDITION CLASSICS** Werke aus mehr als zwei Jahrtausenden. Diese waren zu einem Großteil vergriffen oder nur noch antiquarisch erhältlich.

Symbolfigur für **TREDITION CLASSICS** ist Johannes Gutenberg (1400 — 1468), der Erfinder des Buchdrucks mit Metalllettern und der Druckerpresse.

Mit der Buchreihe **TREDITION CLASSICS** verfolgt tredition das Ziel, tausende Klassiker der Weltliteratur verschiedener Sprachen wieder als gedruckte Bücher aufzulegen – und das weltweit!

Die Buchreihe dient zur Bewahrung der Literatur und Förderung der Kultur. Sie trägt so dazu bei, dass viele tausend Werke nicht in Vergessenheit geraten.